CATALOGUE

DES

TABLEAUX ANCIENS

PAR

J. BRUEGHEL, CRANACH, VAN DAEL, DAVID, GARNERAY,
GUARDI, BARON GUÉRIN, LE CHEVALIER LÉLY, LÉPICIÉ, LONGHI,
LE MAITRE DES DEMI-FIGURES, W. MIÉRIS, PETER NEEFFS,
E. VAN DER NEER, A. VAN OSTADE, SCHILLY, SCHOEVAERDTS, TENIERS,
P. VAN DYCK, ETC., ETC.

AQUARELLE, DESSINS, MINIATURES, GOUACHE

Provenant en partie de la Collection Victor Gay

Et dont la Vente aura lieu, à Paris

HOTEL DROUOT, SALLE N° 6

Le Vendredi 23 Avril 1909

A 2 HEURES 1/2

COMMISSAIRE-PRISEUR

Me HENRI BAUDOIN

Successeur de M. Paul CHEVALLIER

10, rue Grange-Batelière

EXPERT

M. JULES FÉRAL

7, rue Saint-Georges

PARIS

EXPOSITIONS

PARTICULIÈRE : *Le Mercredi 21 Avril.*
PUBLIQUE : *Le Jeudi 22 Avril . . .* } *de 2 heures à 6 heures.*

CONDITIONS DE LA VENTE

Elle sera faite au comptant.

Les adjudicataires paieront *dix pour cent* en sus des enchères.

Paris. — Imp. de l'Art. CH. BERGER, 41, rue de la Victoire

Désignation

TABLEAUX ANCIENS
Dessin — Miniature

PROVENANT DE LA COLLECTION VICTOR GAY

COURTOIS
(JACQUES dit LE BOURGUIGNON)
Saint-Hippolyte, 1621-1676
(DEUX PENDANTS)

125 1-2 — *Scènes de combat.*

Toiles. Haut., 36 cent.; larg., 62 cent.

FRANCIA
(École de)

3 — *La Vierge, l'Enfant Jésus, Saint Jean-Baptiste et Sainte Catherine.*

A droite, saint Jean est appuyé sur un entablement de marbre; à gauche, sainte Catherine debout devant un rideau rouge.
Fond de paysage traversé par un cours d'eau.

Bois. Haut., 50 cent.; larg., 40 cent.

LE MAITRE DES DEMI-FIGURES
(École flamande, xvi⁰ siècle)

4 — *Portrait de Jeune Femme.*

Représentée à mi-corps, tournée de trois quarts à droite, les cheveux roux séparés en bandeaux sur le front, ornés d'une gaze de rubans et de pierreries, elle porte un corsage vert décolleté, à manches rouges, un col de fourrure sur les épaules, et tient un petit vase de ses deux mains.

Fond vert.

Bois de forme octogonale.

Haut., 35 cent.; larg., 27 cent.

RAPHAEL
(Attribué à)

5 — *Étude de cinq figures*.

Dessin à la plume.

Haut., 24 cent.; larg., 18 cent.

ROSA
(SALVATOR)
Renella, 1615-1673

6 — *Paysage accidenté*.

Au premier plan, au bord d'un cours d'eau, des figures drapées et des animaux.

Toile. Haut., 44 cent.; larg., 62 cent.

ROSA
(SALVATOR)
(DEUX PENDANTS)

7-8 — *Combats de cavaliers*.

Toiles marouflées sur bois.

Haut., 10 cent.; larg., 12 cent.

ÉCOLE ALLEMANDE
(xvɪᵉ siècle)

9 — *Le Christ devant Pilate.*

Peinture rehaussée d'or.

Bois. Haut., 12 cent.; larg., 18 cent.

ÉCOLE BOLONAISE
(Commencement du xvɪᵉ siècle)

10 — *Sainte Catherine.*

Assise dans la campagne près d'une roue, instrument de son supplice, les mains jointes dans l'attitude de la prière. Un manteau rouge drapé sur sa robe de gaze est relevé sur son bras gauche.

Bois Haut., 58 cent.; larg., 44 cent.

ÉCOLE FLAMANDE
(xvᵉ siècle)

11 — *Une Enluminure.*

Un monarque, agenouillé dans un paysage devant une construction fortifiée, reçoit une épée d'un ange voltigeant dans les nues.
Composition entourée d'ornements : rinceaux et arabesques, mêlés de feuillages, de fruits et de petits animaux.
Précieuse miniature sur vélin dans un très bel état de conservation.

Haut., 19 cent.; larg., 14 cent.

ÉCOLE FLORENTINE
(xvᵉ siècle)

12 — *Ecce Homo.*

1.650

Féral

Le Christ est représenté en buste, portant les stigmates de la Passion.
Fond de paysage avec rochers et cours d'eau.

Cette très belle peinture rappelle les œuvres de l'artiste, communément nommé de, nos jours : Amico di Sandro.

Bois. Haut., 40 cent.; larg., 33 cent.

ÉCOLE FLORENTINE
(xvıᵉ siècle)

13 — *Thomyris.*

4 20

Agnew

La reine des Scythes plonge la tête de Cyrus dans une outre de sang que porte une servante.

Bois. Haut., 1 m. 10 cent.; larg., 92 cent.

ÉCOLE DE LA HAUTE-ITALIE
(xvᵉ siècle)

14 — *La Vierge aux anges musiciens.*

4 6 ?

La Vierge portant l'Enfant Jésus debout sur un coussin est assise sur un trône de marbre : à droite, saint Pierre ; à gauche, saint Jean-Baptiste.

Au premier plan, deux anges assis sur les marches du trône, l'un jouant du luth et l'autre du violon.

Fond d'or.

Bois. Haut , 50 cent.; larg., 35 cent

ÉCOLE DE LA HAUTE-ITALIE

(Commencement du xvᵉ siècle)

15 — *La Vierge au chardonneret*

Assise sur un banc de pierre, la Vierge couverte d'un manteau bleu pâle, brodé d'or, soutient l'Enfant Jésus debout sur ses genoux, vêtu d'une courte robe rouge, et lui présente sur l'index gauche un chardonneret.

A droite, saint Jean-Baptiste ; à gauche, un autre saint tenant d'une main un livre fermé et un feuillet enroulé de l'autre main.

Une draperie verte damassée est tendue sur le fond.

Peinture rehaussée d'or.

Bois. Haut., 65 cent.; larg., 67 cent.

ÉCOLE DE LA HAUTE ITALIE

15

ÉCOLE LOMBARDE

(Commencement du xvie siècle)

16 — *Salomé.*

Debout, tournée vers la droite, en robe rouge, manches vertes à crevés, tablier jaune, elle porte sur un plat la tête de saint Jean-Baptiste.

Bois. Haut., 65 cent.; larg., 45 cent.

ÉCOLE SIENNOISE

(DEUX PENDANTS)

17 — *Sainte Agnès.*

18 — *Saint Mathieu.*

Peintures sur fond d'or.

Bois. Haut., 18 cent.; larg., 19 cent.

TABLEAUX ANCIENS
DESSIN, AQUARELLE, MINIATURE, GOUACHE
Provenant de diverses Collections

BERGHEM
(NICOLAS)
Harlem, 1620-1683

19 — *Paysage avec figures et animaux.*

Une bergère assise au milieu de son troupeau vient de baigner ses pieds dans un cours d'eau. Au second plan, des bergers et des bœufs sur une éminence devant un bouquet d'arbres. Dans le fond, des montagnes sous le ciel éclairé par le soleil couchant.

Signé à gauche.

Toile. Haut., 19 cent.; larg., 22 cent.

Collection du Comte R. de Cornélissen. Vente du 11 Mai 1857, à Bruxelles.

BOILLY
(LOUIS-LÉOPOLD)
La Bassée, 1761-1845

20 — *Portrait de Jeune Homme.*

En buste, les cheveux blonds, redingote noire croisée sur un gilet blanc.

Fond de ciel.

Toile. Haut., 42 cent.; larg., 33 cent.

BOUCHER

(Ecole de)

21 — *Pastorale.*

Une bergère au chapeau enrubanné, au corsage jaune, à la jupe rouge retroussée sous un tablier de mousseline, parée de fleurs et de rubans, est assise à droite sur un tertre. Son galant, un genou à terre, lui baise la main ; près d'elle, un oiseau dans une cage, un agneau, une corbeille de fleurs, une houlette ; un vase est posé sur un socle de pierre. Vers le fond, derrière un bouquet d'arbres, un troisième personnage fait un geste de surprise. A gauche, des animaux.

Toile. Haut., 1 m. 25 cent.; larg., 1 m. 78 cent.

BRUEGHEL
(JEAN)
Bruxelles, 1568-1625

22 — *Cour de ferme.*

A proximité des bâtiments d'une ferme, des campagnards se livrent à leurs occupations A droite, une femme tire de l'eau d'un puits, deux paysannes font la lessive, tandis que le conducteur d'une petite charrette, debout près de son véhicule et tenant son cheval par la bride, les regarde. Par la porte d'une étable sort un ouvrier qui, une gaule à la main, surveille des vaches. A gauche, un petit étang, où barbotent des canards.

Voici comment M. Max Rooses a décrit cette œuvre dans la revue *De Vladmsche School,* 1895, page 131 : « C'est un tableau de valeur qui se recommande par des qualités que l'on ne retrouve pas toujours chez l'artiste. Au lieu du paysage quelque peu artificiel de Brueghel de Velours, nous avons ici, devant nous, l'interprétation d'une de ces scènes comme les aimait Brueghel le vieux : une cour de ferme, telle quelle, peuplée de paysans et de paysannes, tels quels aussi, saisis sur le vif, dans leur milieu habituel, dans leurs occupations journalières. Ajoutez que le coup de pinceau est devenu plus franc, plus large, plus personnel : la couleur a tourné au gris, mais la composition est plus naturelle, la vie plus intensément rendue que jamais. Ce Brueghel, troisième du nom, a fondu, bien inconsciemment sans doute, les qualités de son père avec celles de son grand-père. »

Bois. Haut., 45 cent.; larg., 74 cent.

BRUEGHEL
(JEAN)

23 — *Corbeille de fleurs.*

Des fleurs variées sont réunies dans une corbeille de faïence posée sur une table.

Bois de forme ovale.

Haut., 11 cent.; larg., 17 cent.

CRANACH
(LUCAS, SUNDER)
Cranach, 1472-1553

24 — *Portrait de la princesse Sibylle de Clève.*

Vue jusqu'à la ceinture, presque de face, elle porte une robe rouge à crevés, un chapeau de même couleur orné de plumes blanches posé sur une coiffe de broderies d'or. Autour du cou et sur la poitrine, un collier, des chaînes et un bijou d'orfèvrerie.

Bois. Haut., 60 cent.; larg., 51 cent.

24

CRANACH

(LUCAS, SENDER)

25 — *La Vierge au raisin.*

La Vierge assise, en robe verte et manteau rouge, les cheveux blonds pendant sur les épaules, tient son divin fils debout sur ses genoux.

L'Enfant Jésus, une pomme dans la main gauche, prend un grain de raisin dans une grappe que lui offre le petit saint Jean.

Bois. Haut., 75 cent.; larg., 55 cent

DAEL

(JEAN-FRANÇOIS, Van)
Anvers, 1764-1840

26 — *Un Pot de fleurs.*

Des roses, des tulipes, des narcisses, des pavots, des œillets, des gueules de loup, dans un pot en terre posé sur une table de marbre.

Signé en toutes lettres.

Bois. Haut, 54 cent.; larg., 42 cent.

DAVID
(JACQUES-LOUIS)
Paris, 1748-1825

27 — *Portrait de Monsieur Buron.*

En habit vert, galonné d'or, gilet jaune, il est assis sur une chaise de profil à droite, le bras gauche accoudé sur le dossier, la tête appuyée sur la main.

Sa perruque poudrée est nouée par un large ruban noir pendant sur le dos.

Signé à droite et daté : 1769.

Toile. Haut . 63 cent.; larg., 50 cent.

27

1500

Phototypie Berthaud, Paris

DIETRICH
(CHRISTIAN-WILHEM)
Weimar, 1712-1774

28 — *Vue d'Italie, effet de soleil couchant.*

Dans un vallon boisé, au pied d'une tour en ruines et près de l'arche d'un pont, un berger assis, vu de dos, garde un troupeau de chèvres.
Bon petit tableau, d'un coloris chaud et lumineux.

Cuivre. Haut., 25 cent.; larg., 27 cent.

GARNERAY
(JEAN-FRANÇOIS)
Paris, 1755-1837

29 — *Portrait du comte d'Artois.*

En costume de grand dignitaire de l'ordre du Saint-Esprit, il est assis dans un fauteuil, sur une estrade, tenant d'une main son chapeau empanaché de plumes blanches.
Signé à gauche en toutes lettres et daté : *1786.*

Bois. Haut., 65 cent.; larg., 48 cent.

GUARDI
(FRANCESCO)
Venise, 1712-1793

30 — *Une Fête sur le Grand Canal.*

Des galères décorées d'ornements sculptés et rehaussés d'or, des gondoles garnies de draperies, montées par une foule de personnages, se croisent devant l'Église de la Salute. Sur le quai, des spectateurs s'agitent ; vers le fond, le canal décrit une courbe entre les maisons couvertes de tuiles rouges, sous le ciel bleu chargé de nuages légers et dorés par le soleil.

Toile. Haut., 4⁵ cent.; larg., 66 cent.

GUARDI

30

3.600

31

GUÉRIN

(PIERRE-NARCISSE, Baron)
Paris, 1774-1833

31 — *Portrait de Jeune Femme.*

1750

Les yeux bleus, le visage souriant, les cheveux bruns bouclés sous un turban de foulard indien, elle retient de sa main droite gantée de blanc un manteau de velours vert doublé de fourrure grise autour de sa robe rouge décolletée et ornée d'une ceinture d'or.

Signé à gauche et daté : *1822.*

Toile. Haut., 65 cent.; larg., 54 cent.

HACKAERT ET VELDE
(JEAN)
Amsterdam, 1629-1699

(ADRIEN, Van de)
Amsterdam, 1635-1672

32 — *Paysage et animaux.*

Un bois de haute futaie occupe tout le fond et la droite du paysage,
dont le premier plan est baigné par une nappe d'eau que traverse une
villageoise chassant devant elle un âne chargé : un pâtre, armé de sa
houlette, dirige son troupeau de trois vaches dans le chemin qui mène
au village, dont on aperçoit au fond quelques habitations.

Sur le bord du chemin est assis un autre pâtre ayant une vache auprès
de lui. Le soleil couchant jette ses derniers rayons sur ce paysage et y
répand les lueurs d'un chaud crépuscule d'été.

Toile. Haut., 49 cent.; larg., 57 cent.

(Collection du comte R. de Cornélissen. Vente du 11 mars 1857, à Bruxelles.)

HONDIUS
(ABRAHAM)
Rotterdam, 1638-1692

33 — *Le Blaireau.*

Un blaireau convoite des raisins dans une corbeille renversée près
d'un banc de pierre.
Signé à droite du monogramme.

Toile. Haut., 82 cent.; larg., 99 cent.

HONDIUS

(ABRAHAM)

(DEUX PENDANTS)

34 — *La Chasse aux oiseaux de mer.*

35 — *La Chasse à l'autruche.*

Bois et toile.

Haut., 26 cent.; larg., 33 cent.

LANGENDYK

(THIERRY)

Rotterdam, 1748-1805

36 — La Visite au château.

Plusieurs personnages sont réunis autour d'une table dans un parc, devant une habitation seigneuriale. Un cavalier tient un cheval par la bride.

Dessin au lavis d'encre de Chine.

Signé à gauche.

Haut., 34 cent.; larg., 44 cent.

LE CHEVALIER LÉLY

(PETER, Van der FAES dit)

Soest, 1618-1680

37 — *La Jeune Fille en blanc*.

Vue à mi-corps, les cheveux séparés en bandeaux sur le front et tombant en boucles sur les épaules, la poitrine décolletée, elle est vue jusqu'à la ceinture vêtue d'une robe blanche doublée de soie bleue.

Toile. Haut., 68 cent.; larg., 58 cent.

LE CHEVALIER LÉLY

(PETER, Van der FAES dit)

38 — *La Jeune Fille en bleu*.

Elle est représentée dans un médaillon de pierre, les cheveux bruns relevés sur le front et bouclés sur la nuque; sa robe bleue à manches courtes est largement ouverte sur la poitrine.

Toile. Haut., 74 cent.; larg., 62 cent.

.89

LÉPICIÉ

(NICOLAS-BERNARD)

Paris, 1735-1784

39 — *La famille Leroy.*

Une dame en robe rayée, bonnet blanc, est assise à droite dans un fauteuil tenant sur ses genoux un petit enfant; près d'elle, sur u. tabouret de forme Louis XV, une bercelonnette couverte d'une étoffe de soie verte. Une petite fille en robe de soie jaune, bonnet empanaché de plumes blanches, est assise au centre sur un petit siège de bois: elle joue avec un chat, tenant au bout d'une ficelle une patte de lapin qu'elle fait glisser sur le parquet. Un cheval de bois, tout caparaçonné de rubans et d'étoffes, est devant une table couverte d'un tapis vert.

Trois personnages sont accoudés sur la table : l'un d'eux dans une robe de chambre bleue, un autre en habit gris et un abbé assis dans un fauteuil, tenant un livre ouvert sur ses genoux.

Au second plan, un chasseur debout, appuyé sur un fusil.

Dans le fond, une glace sur une cheminée.

Signé à droite en toutes lettres et daté : *1766*.

Superbe tableau d'une rare importance.

Toile. Haut., 1 m. 30 cent.; larg., 1 m. 47 cent.

LÉPICIÉ
(NICOLAS-BERNARD)
Paris, 1735-1784

40 — *La Femme du braconnier.*

Elle rentre au logis rapportant, dans son tablier, du bois mort sous lequel est caché un lapin : sa fillette, debout auprès d'elle, saisit le gibier de ses deux mains et le pose dans une hotte où se trouve déjà un faisan. A gauche, un chat monté sur une table. A droite, un tonneau, du linge séchant sur une corde.

Beau et important tableau de l'artiste, d'une parfaite conservation.

Signé à droite et daté : *1782.*

Toile. Haut., 80 cent.; larg., 63 cent.

(Collection Lecocq-Dumesnil. Vente du 2 mai 1894.)

40

LONGHI
(PIERRE)
Venise, 1702-1762

41 — *Portrait de Jeune Homme.*

Il est représenté dans l'embrasure d'une porte, debout et accoudé sur une table où l'on remarque des livres, une raquette et des accessoires de jeux.

Coiffé d'un bonnet bleu, vêtu d'un habit à fleurs brochées sur fond blanc, il désigne d'un geste du bras gauche une partie de ballon qui se joue dans un parc, devant une nombreuse assistance.

Toile. Haut., 1 m. 13 cent.; larg., 98 cent.

MIÉRIS
(WILHEM, Van)
Leyde, 1662-1747

42 — *La Diseuse de bonne aventure.*

Une jeune femme, portant un manteau bleu sur sa robe blanche, assise dans un intérieur et accoudée sur une table couverte d'un tapis d'Orient, tend sa main avec une pièce de monnaie à une vieille femme vêtue de haillons.

Signé en haut et à droite.

Bois. Haut., 40 cent.; larg., 32 cent

NEEFFS

(PIETER)
Anvers, 1570-1657

43 — *Intérieur d'église*.

Plusieurs personnages, agenouillés devant l'autel, font leurs dévotions; vers le fond, l'officiant dit la messe. Au centre, un prêtre, l'hermine sur le bras, un livre et la burette à la main, se dirige vers la sacristie.

Œuvre importante de l'artiste. Les figures sont spirituelles, très bien posées et dessinées.

Signé à droite sur un pilier, en toutes lettres et daté : *1648*.

Toile. Haut., 1 m. 10 cent.; larg., 1 m. 43 cent.

Cadre en bois sculpté.

Collection de la marquise de Salza, de Naples.

NEER

(ÉGLON-HENRI Van der)
Amsterdam, 1643-1703

44 — *La Visite à la nourrice*.

Une jeune femme, en robe de soie rose retroussée sur une jupe blanche, est debout dans un intérieur. Une autre femme, assise à droite devant une table, porte un enfant sur ses genoux; derrière elle, un gentilhomme: dans le fond, un quatrième personnage soulevant une chaise.

Aquarelle signée à gauche et datée : *1664*.

Haut., 43 cent.; larg., 37 cent.

ORLEY
(Attribué à BERNARD VAN)

45 — La Vierge portant l'Enfant Jesus.

800

Assise dans un intérieur, la Vierge porte l'Enfant Jésus sur un coussin posé sur ses genoux. Devant elle, on remarque sur une table des cerises dans un plat d'étain, un couteau, un pain et un verre de vin. A gauche, un livre est posé sur l'entablement d'une fenêtre ouverte sur la campagne. Une ville traversée par un cours d'eau s'étend en perspective dans une vallée fermée à l'horizon par des collines.

Bois. Haut., 52 cent ; larg., 40 cent.

Cadre d'ébène.

OSTADE
ADRIEN VAN
Haarlem, 1610-1685

46 — Au Coin de l'âtre.

2550

Dans la ferme, au coin de l'âtre, à gauche, sous une lumière blonde, où les choses s'estompent, la fermière est assise et allaite son enfant, tandis que l'homme, debout, le dos un peu courbé, la contemple.

A droite, il y a une soupente, des poutres qui supportent le toit, une échelle, de la paille, des instruments aratoires, et, vers le milieu, une truie alourdie par une portée prochaine.

Quelques poules picorent sur le sol, près d'une bercelonnette.

Signé en bas, à gauche : A. v. Ostade, 1648.

Bois. Haut., 52 cent.; larg., 47 cent.

PYNACKER
(ADAM)
Delft, 1622-1673

47 — *Paysage au soleil couchant.*

Dans un pays de montagnes, des villageois sont arrêtés au bas d'un chemin qui longe des coteaux boisés. Au centre, un mur en ruines avec une porte vivement éclairée par le soleil. Au second plan, un cours d'eau.

Toile. Haut., 39 cent.; larg., 51 cent.

(*Vente Max Kahn, 1879.*)

RUYSDAEL
(Attribué à JACQUES)

48 — *Mer orageuse.*

Les flots soulèvent des vagues blanches d'écume, sous le ciel lourd de nuages sombres. Deux voiliers sont courbés sous le vent ; un grand bateau a jeté l'ancre. A gauche, un brise-lame.
Signé du monogramme.

Bois. Haut., 28 cent.; larg., 38 cent.

SAUVAGE

(PIAT-JOSEPH)
Tournai, 1747-1818

49 — *Portrait présumé de la baronne Van Loo.*

Vue à mi-corps dans la campagne, les cheveux blonds relevés et bouclés, coiffée d'un chapeau de paille orné de fleurs des champs, elle porte une robe de mousseline blanche décolletée, à rubans et ceinture bleus.

Toile de forme ovale.

Haut., 72 cent.; larg., 58 cent.

SCHILLY

(J.-L.)

xviiie siècle

50 — *Portrait de Louis-Antoine de Bourbon, duc d'Enghien.*

En buste, perruque à catogan, habit gris perle, à large col rabattu, gilet blanc ouvert sur un jabot de mousseline.

Signé à droite.

Toile. Haut., 45 cent ; larg., 37 cent.

Un portrait du même artiste, représentant le même enfant dans un autre format, est exposé au Musée de Versailles.

50

5.100

SCHOEVAERDTS

(MATHIEU)

Bruxelles, 1665- † ?

51 — *Un Jour de marché à Anvers.*

Importante composition, animée d'un grand nombre de personnages et d'animaux.

Signé en toutes lettres.

Toile. Haut., 78 cent.; larg., 1 m. 10 cent.

TENIERS

(DAVID)

Anvers, 1610-1690

UDEN

(LUC Van)

Anvers, 1595-1672

52 — *Paysage boisé.*

Le pays est plat, coupé par un cours d'eau sinueux qui se perd vers le fond, le ciel nuageux et brillant: le soleil éclaire le paysage.

Au premier plan, à gauche, des arbres s'élèvent au-dessus d'un monticule; des bohémiens sont arrêtés au bord d'un chemin; une vieille femme s'avance au devant d'un paysan qui l'écoute debout, un bâton à la main; près d'eux passe une femme portant un pot au lait sur la tête.

Toile. Haut., 45 cent.; larg., 60 cent.

VAN DYCK
(PHILIPPE)
Amsterdam, 1680-1753

53 — *Portrait de Femme accompagnée d'un chien.*

Debout à l'entrée d'un palais, elle est vue à mi-corps en robe de velours bleu, écharpe de soie grise.

Toile. Haut., 80 cent.; larg., 64 cent.

WOUVERMAN
(Attribué à PHILIPPE)

54 — *L'Embarquement.*

Au tournant d'une route longeant la mer sur un rocher, un bateau attend les marchandises. Quatre hommes déchargent une charrette ; un cheval blanc va traîner un ballot. Dans le fond, une tour en ruines et un clocher s'élevant sous un ciel d'orage.

Signé du monogramme.

Toile de forme ovale. Haut., 37 cent.; larg., 45 cent.

ÉCOLE FLAMANDE
(xvi° siècle)

55 — *La Vierge, l'Enfant Jésus et un donateur.*

1250

La Vierge est assise à droite, couverte d'un manteau rose; sur ses genoux, l'Enfant Jésus assis sur un linge prend une poire que lui offre sa mère. A gauche, un donateur coiffé d'un large chapeau de paille et feuilletant un livre.

Bois. Haut., 41 cent.; larg., 30 cent.

ÉCOLE FRANÇAISE
(xvi° siècle)

56 — *Portrait d'une Jeune Princesse.*

5600

En buste, légèrement tournée vers la gauche, une coiffe à fond rose ornée de broderies d'or posée sur ses cheveux blonds, elle porte un corsage décolleté en velours lie de vin brodé et enrichi de pierreries. Deux colliers d'orfèvrerie pendent sur sa poitrine.

Bois. Haut., 28 cent.; larg., 23 cent.

5

ÉCOLE FRANÇAISE

(xviiiᵉ siècle)

57 — *Portrait d'Homme.*

Vu à mi-corps, tourné de trois quarts à gauche, les yeux fixés sur le spectateur, coiffé d'une perruque bouclée et poudrée, il porte un habit de soie bleu pâle broché de fleurs, ouvert sur une chemise à jabot et manchettes de mousseline plissée.

Toile de forme ovale.

Haut., 65 cent.; larg., 54 cent.

Cadre en bois sculpté.

ÉCOLE FRANÇAISE

(xviiiᵉ siècle)

58 — *Portrait présumé de Fontenelle.*

Assis dans un fauteuil, en robe de chambre de soie rouge et toque de même étoffe, il tient de la main droite un livre ouvert sur une table.

Miniature.

Haut., 63 mill.; larg., 63 mill.

ÉCOLE FRANÇAISE
(Commencement du xixᵉ siècle)

59 — *Vue d'un parc.*

Au centre, des promeneurs autour d'un bassin à jets d'eau, où des cygnes se baignent.
Gouache.

Haut., 23 cent.; larg., 30 cent.

ÉCOLE TOSCANE

60 — *La Vierge et l'Enfant Jésus bénissant.*

Assise sur un trône de marbre, la Vierge tournée vers la gauche tient sur un genou l'Enfant Jésus debout et faisant un geste de bénédiction. Deux pins s'élèvent sur un fond d'or.
Bois cintré dans la partie supérieure.

Haut., 84 cent.; larg., 53 cent.